이명耳鳴

지혜사랑 292

이명耳鳴

배영운 시집

지혜

시인의 말

"시는 삶을 아름답게 보는 시선입니다"

차례

1부

2부

3부

4부

5부

• 일러두기
　페이지의 첫줄이 연과 연 사이의 띄어쓰기 줄에 해당할 경우 > 로
　표시합니다.

1부

이명 耳鳴

귀속에 귀뚜라미가 운다
크게 가늘게 시끄럽게 조용하게 끝없이 운다

늦가을을 알리는 몸이 짓는 소리

긴 동면冬眠 속으로 빠지는
차가운 겨울이 멀지 않음을 알린다

들렸다 멈추었다 관심의 소리
유쾌하면 멈추고 우울하면 운다

몸에 걸친 푸른 잎을 벗는 헐벗는 소리
쓸쓸하고 서글픈 생명이 잦아드는 나이의 소리

건망증

자꾸 깜빡깜빡한다
언젠가 자신까지 아주 잃어버리는 먼 망각으로 가는 출발점
민망하고 슬프기까지 하다

놓으면 모른다 그건 나이를 알리는 몸시계의 시간표
그냥 웃어넘길 수도 있지만 정말 편리하고 난처하다

돌아서면 잊고 만다
고단한 삶을 아주 잊어버리려는 지우고 싶은 무의식의 의지?

아니면, 치열하게 다투는 생존에서 벗어나고 싶은 안간힘일까?

자꾸 기억을 놓치는 낭패스럽고 쓰라린 상실의 안타까움
거스르려 하고 거부해도 지나가는 세월을 어쩔 수 없다

흥하고 쇠하는 게 자연의 섭리라지만
다 살았다는 슬픈 자괴감이 서럽게 가슴을 훑는다

외로운 갱년기

텅 빈 허전한 마음 메꿀 수 없다

쓸쓸한 인생의 늦가을을 맞는 갱년기의 우수

종잡을 수 없는 감정의 기복을 겪는다

아이들이 떠나버리고

자식을 보내고 허전했을 엄마 마음

외로이 혼자 계셨을 것을 생각하니
왈칵 눈물이 솟는다

서럽고 쓰라린 빈 둥지 증후군!

그냥 그러려니 했던 어리석은 자신이 한없이
부끄럽다

낯설어하고 길들며

나도 얼른 커서 이모처럼 처녀가 됐으면,
언제나 화장도 하고 멋을 부릴 수 있을까!

그러나 처녀가 되고 결혼을 하고
어느 날, 문득 아주머니란 말을 들었을 적
당혹감과 낭패를 느꼈다

어느새 나도 모르게 엄마가 되고
단단한 아줌마가 되고

뒤돌아볼 새 없이 세월이 흘러
딸이 시집가고 아이를 낳았을 때,
낯선 할머니의 이름
어색하고 도대체 내게 맞지 않았다

그러나, 그 말이 어느덧 스스럼없게 들리게 되고
받아들여질 때

우리는 그렇게 처음을 낯설어하고 당황해하면서
길들고 익숙해지며 늙어간다

노인

겪어야 할, 겪지 말아야 일

다 겪은 그 이름은 노인

건망증처럼 금방 잊히면 좋으련만,

삶은 비련과 후회

못다 한 인연과 이루지 못한 꿈

어쩔 수 없는 아쉬움 속에 산다

예순 나이

"이제 다 살았다! 뭘 했었나? 이렇게 끝나고 마나?"

예순 나이는 제2의 사춘기?
종잡을 수 없는 젊은 날의 방황처럼 부리는 변덕
후줄근해지는 얼굴처럼 후줄근해지는 마음이다

굳고 단단했던 근육이 풀어지고 밝고 맑은 눈이 흐려지듯
금방 놓은 물건을 헤아리지 못하듯 마음뿐 옛날 같지 않아
몸이 따라주지 않는다

일을 핑계로 밖으로만 겉돌아도 집은 언제나 든든한 울타리였다
일을 잃자 집은 외로운 감옥이 되고 안으로만 맴돈다

어느새 마음까지 유약해져 연속극을 보며 눈물을 글썽거리고 아내 눈치를 살피고 때론 설거지하고
강하고 권위적인 옛 모습에 익숙했던 너무나 낯섦에 당혹스럽다

늦가을 힘 없는 쓸쓸한 석양의 빛
희미한 달빛이 머무는 잎이 진 엉성하고 삭막한 뜰
메마른 어깨가 허전한 뒷모습이 안타깝고 슬프다

그렇게 늙어간다

　신혼 땐, 결혼이 실감이 잘 안 되고 살림을 차려도 차린 것 같지 않았다

　시간이 흐르면서 생활 속 삶의 실체가 차츰 명확한 모습으로 다가온다

　치음은 누구나 다 그렇다
서툴고 미숙하고 소꿉장난 같고 그렇게 시작하는 것이다

　어느 날 엄마 아빠가 되고 아버지가 어머니가 되고
눈꺼풀 늘어지는 할아버지 할머니가 된다

　돌아보면 둘만의 알콩달콩 꿈같은 시절
희망과 설렘이 있던 그때가 제일 행복했다

　다시 그때 그 시절로 돌아갈 수 있다면!

　신접살림을 차리는 신랑 신부를 바라보며 무한한 부러움과 그리움에 잠긴다

생명生命의 소중함

아이들은 웃고 떠들며 신나게 놀다가도
아무 생각 없이 벌레를 밟아 뭉개고
새에게 돌팔매질하고

세월이 들면 고집스럽고 둔해진다 하는데
나이를 먹을수록 더 여리고 조심스럽다

먹이를 위해 모인 개미를 보고 빗질을 멈추고
그냥 꺾어버렸던 작은 나뭇가지를 잡았다 놓는다

삶의 순서

처음 총각이라고 불렀을 때
처음 처녀라고 불렀을 때 신기하고

처음 아저씨라고 불렀을 때
처음 아줌마라고 불렀을 때 당황하고

처음 할아버지라고 불렀을 때
처음 할머니라고 불렀을 때 슬프고

처음 아빠로, 할아버지로 불릴 때
처음 엄마로, 할머니로 불릴 때 낯설었다

그때마다 뭐라 말할 수 없는 묘한 마음
그러나 곧 익숙하게 되고 당연하게 들린다

그렇게 인정하고 받아들일 때
어느덧 우리는 일생을 산 것이다

엽서葉書

가랑잎 같은 가벼운 부담이 없는 편지

남이 보아도 괜찮은,
그러기에 더 진솔하게 쓸 수 있었다

쓰임새가 변해 퀴즈나 각종 경품 응모용으로
이제, 세월에 떠밀려 그마저도 없어졌지만

서랍 속에 문득 찾은 빛바랜 옛 엽서 한 장!

여행지의 아름다운 풍경화처럼
젊은 날의 아름다운 꿈의 조각

아련한 추억으로 다시 떠오른다

새색시

새색시를 본다
풋풋하고 싱그러운 햇과일처럼 참 곱고 해맑다

가장 좋은 때이면서 스스로 잘 모르는 때

친정 그리움에 때론 눈물을 훔치기도 하지만,

젊음과 오붓한 둘만의 사랑!
행복한 고운 꿈에 젖어 있다

꿈만 같던 달콤한 새색시 때가 내게도 있었던가?

다시 돌이킬 수 없는 한없이 아름답고 그리운 세월

황홀한 꽃을 보는 마음으로 추억의 눈으로
부러움과 시샘 속에 본다

늙음

늙음은 누구에게나 찾아오는 삶의 계단階段
거부할수록 집착하고 예고하지만
문득 다다라 깨닫는 어리석은 자각이다

내게는 결코 찾아오지 않을 줄 알았는데
돌아보며 후회하는 슬픈 착각

늙음은 치르고 싶지 않은 서러운 쓴 잔
생生의 서글픈 한 과정이다

안 아픈 데 없고 옹이마다 삐걱거리고
구질구질하고
늙음은 어쩔 수 없이 찾아오는 생명의 끝자리

피할 수 없는 질병이며
생략하고픈 산 자의 간절한 거역이다

또순이 그녀

그녀는 씩씩했다
주눅 들지 않았고 세상을 원망하지 않았다
일찍 홀로 되어 네 아이를 키웠다

여위고 까칠한 얼굴 그 세월이 말한다

검약儉約이 습관으로 굳어
때론 궁색하고 안쓰럽게까지 보일 때도 있었다

아이들이 켜놓고 나가기 바쁘게 뒤따라가며 불을 끄고
유통기한이 지나거나 어지간히 상한 음식도 그냥 먹어 버
린다
낡고 헐렁한 옷도 전혀 부끄러워하지 않았다

남의 눈엔 무슨 재미로 살까 비칠지 몰라도
그녀는 즐겁고 당당했다

어쩌다 아이들이 딱해 안타까워하면,
그녀는 달관한 듯 스스로 말했다

"이제껏 그래 살았는데 어떻게 고치냐?
남에게 해 안 주고 내 좋으면 된다!"

일만 하는 어머니

어머니는 너무 부지런해요!
젊은 우리가 못 당해요

이제, 쉬셔야 할 연세인데

일하는 게 더 편하데요
쉬면 오히려 병이 난다나요

평생을 일 속에만 살아
쉬는 걸 아예 잊어버린 건 아닌지

사랑과 나이

사랑은 나이가 없다
젊은이의 전유물이 아니다

나이가 갖는 사랑의 시선
그 색깔과 향기가 다를 뿐이다

사랑이 갖는 찬란한 기쁨
그 뜨겁고 절실한 설렘은 똑같다

언제나 들뜨고 행복하고 황홀하다

젊은이의 사랑은 맹렬하고
늙은이의 사랑은 그윽하다

사랑은 간절한 생명의 몸짓
고귀하고 아름답다

노점상 할머니

재래시장 입구 건너편 조그만 좌판을 벌인 작고 하얀 할
머니
종일 꼬부리고 앉아 있다
좌판에는 여러 가지 나물이 올망졸망 놓여 있다
실파, 더덕 쨀 거, 깐 마늘, 애호박, 손질한 고구마 줄기,
들깻잎, 풋고추, 이따금 산나물도 보인다

아침에 나와 저물도록 앉아 꼬물거리고 있다
나물을 다듬고 손질하느라 잠시도 손을 쉬지 않는다
허리가 아픈지 이따금 손등으로 허리를 치기도 하고
길 건너 큰 가게들을 물끄러미 바라보기도 한다
지나다니는 사람은 많지만 할머니 좌판에는 손님이 없다

"많이 팔았어요?" 묻자
손님인 줄 알고 반색하다가,
"불경기는 불경기인가 봐!"
혼잣말처럼 말한다

"힘들지 않아요?"
"먹고 사는 게 쉬운 게 어디 있나!"
"건강하니 다행이네요!
"건강하면 뭘 해?

"건강보다 중요한 게 어딨어요!"
"너무 오래 사는 것도 안 좋아!"

쪼그라진 할머니의 작은 얼굴에 더 깊게 주름이 파인다

2부

부모 자식 간

자식은 품 안의 자식
머리가 굵어지면
제 고집대로 하려 들고

자식 농사는
욕심같이 안 된다

자식 일은 알고도 속고
모르고도 속는다

자식 이기는 부모가 없고

자식을 낳아야
부모의 마음 알게 된다

부모는 기다리지 않고
그 자식이 부모가 된다

늙음이란

걸을 때 자기도 모르게 뒷짐을 지게 되고 그게 편하다
여전히 꽃은 아름답고 향기에 취한다
몸은 늙어도 마음은 이팔청춘 그대로다

지열地熱처럼 끓어오르는 뜨거웠던 가슴
이제, 겉으로보다 안으로 시선을 숨긴 것뿐이다

작년 다르고 올해 달라
비켜 가지 않는 늙음이 야속하고 서럽지만

늙음은 받은 삶의 경험을 나누는 것
결코 나쁜 것만 아니다

힘겨웠던 삶의 무게에서 놓여나 단출한 둘만의 여유
옛 신혼新婚을 다시 맞듯 오붓하다

젊을 때의 각지고 투쟁적이던 시각도
늙어 순한 얼굴이 되듯
지혜로워 차분히 삶을 관조觀照하게 된다

쇠약한 노모老母

아들이 수척한 노모老母를 안다시피 하고 마당을 거닌다
많이 편찮은 모양이다
쇠약한 노모를 운동시키기 위해 마당을 돌고 있다

며느리는 사내아이를 업고 그 곁을 지킨다
엄마 등에 업힌 아기는 백일을 갓 넘은 듯 포동포동하고
예쁘다

앞산 봉우리는 예나 지금이나 옛 모습 그대로 푸르고 울
창하다
노모는 피곤한 듯 자꾸 앉으려 하고 아들의 이마에 땀방
울이 맺힌다

지난겨울에 넘어져 크게 골절을 입은 노모는 운동이 꼭
필요하다

어느덧 봄이 가고 있다
더딘 듯한데 계절은 어김없이 다시 찾아와 앙상한 가지
마다
새잎이 돋아나고 푸르게 산과 들을 덮고 있다

젊은 어머니가 말썽꾸러기인 개구쟁이 아들을 혼내려 빗

자루를 들고 마당을 돌던 때가 엊그제만 같은데,

그 마당인데―

쉴 수 없이 바쁜 그들을 보며

참으로 오랜만에 번화한 거리를 나온다
차도 사람도 모두 바쁘게 어디론가 가고 있다

쉴 수 없이 분주한 현실이
내게는 이제 먼 옛날이 되어버린 과거지만,
그들에게는 가야 할 곳과 해야 할 일이 너무 많은
간절하고 절실한 현재다

옆을 돌아볼 수 없는 그 많던 일들이 어디로 가버렸을까?

이제, 비켜서서 구경할 수밖에 없는
가야 할 곳도 해야 할 일도 없다

그들의 치열하고 맹렬한 모습이 낯설고 낯익고 가엾고
부럽다

모든 걸 놓아버린 지금 외롭고 서글프고 그립고 억울하고
그러나 속절없이 캄캄하게 서 있다

액자 속 사진

시골집 안방에 걸린 몇 개의 액자사진
그 속에 빼곡히 들어찬 사진은 한 가정의 가족사
아련한 향수처럼 옛 시간과 과거가 아름답게 녹아 있다

낡고 먼지 낀 액자 속엔 색 바랜 할아버지 할머니의 단정
한 모습과
조금은 낯선 젊은 날의 아버지와 삼촌의 옛 모습
어느 나들이에 한껏 멋을 낸 어머니와 고모의 사진이 있고

귀여운 꼬마의 돌 사진들과 어느새 훌쩍 커버린 그들의
늠름한 모습
온 가족이 늘어선 주인공이 다른 여러 결혼사진 등
이제 돌이킬 수 없는 그리운 시간이 옹기종기 모여 있다

액자 속 사진은 한 가족의 자취이자 아름다운 역사
애지중지 아끼는 손때 묻은 소장품 같고
가족들은 각각 그 나이에 맞는 얼굴로 화석化石되어
젊고 멋지고 미소 짓고 있다

큰 나무에 가지 벌리듯 한 뿌리에서 퍼진 수많은 가족들
그러나 어느덧 둥지를 떠난 새들처럼 다 떠나버리고

>

빈집에 외롭게 노부모와 액자 사진만 남아 쓸쓸히 추억
을 키운다

두류공원에서

눈두덩이 붓고 볼 늘어진 노인들이
공원 안 못가 숲길에서 무리 지어 앉아 있다

갈 곳도 소일할 곳도 없는 그들 앞에
아득한 무의미無意味만 하얗게 펼쳐져 있다

이곳저곳 오륙 명씩 짝을 지어
100원짜리 고스톱에 열을 올린다

그들은 지난날의 경쟁과 긴장을 그리워하고 있다
그들 뒤에 그보다 많은 사람이 서서 구경한다

장기판과 바둑판에 모여선 많은 사람
그들은 바닷가에 버려진 빈 조개껍질처럼 외롭다

동류의식同類意識에 금방 어울려
때론, 술 한 잔에 시름을 잊고

틀어놓은 카세트 녹음기의 흥겨운 트로트 경음악에
엉덩이를 마구 흔들어댄다

본인도 보는 이도 모두 웃는다

못난 부모

요즘은 잘난 부모 되기 정말 어렵다
부모가 반 팔자란 말이 있듯이
부모로 운명의 반이 결정될 수밖에 없다

잘난 부모, 못난 부모
골라 태어날 수 없고 선택할 수도 없다
마음대로 할 수 있다면 얼마나 좋을까!

가장 가까워 상처받기 쉽고
부모 자식 간에도 할 말 못 할 말이 있다

능력 있고 존경받는 부모가
되고 싶지 않은 부모가 누가 있으랴!

원하는 대로 다 해주고 싶고
남 못지않게 잘 키우고 싶다

돌아보면 가엾고 속상하고 후회되지만,

부모 마음 자식 마음 서로 다르고
못 해줘 아파하는 마음 알기나 할까

수음 手淫

총각과 노인이 한다
둘 다 상대가 없으니까

거친 숨소리와 흔들리는 어깨를 본다
어쩌면 그것은 원초적인 생명의 몸짓

넓은 총각의 어깨는 열정적이나
메마른 노인의 어깨는 슬프다

큰길에서 교미하는 개를 본다
민망해 얼른 고개를 돌린다

수음 뒤엔 언제나
씁쓸하고 비릿한 허무가 밀려온다

할머니가 된 그녀

이따금 한번 보았으면 싶은
늘 아련한 향수처럼 그리움을 심던 그녀

어느 날 문득 할머니 된 그녀를 본다

눈부신 아름다움도 세월엔 이기진 못한 듯
화려한 꽃이 질 때의 그런
애잔한 모습이 슬픔을 낳게 한다

아직 화사한 옛 잔영殘影은 남았지만
이제 세월에 바래버린,
그 돌아보는 그리움으로 살고 있을까?

가슴 태우며 밤잠을 설치게 했든 무척 고왔던,
옛날을 웃으며 이야기할 수 있는
할머니 된 그녀

세월이 데려간 그립고 아름다운 날들
모두가 빛났던 그 젊은 날로
다시 돌아가고 싶다

손자

고집부리고 제 맘대로 하려 들 때는 좀 밉다
방 안의 물건이 도대체 제 자리에 있는 게 없고
온통 장난감으로 난장판일 때는 가슴이 답답하다

방과 현관을 운동장처럼 뛰어다니고
다른 아이들이라도 보태지는 날은 난리 굿판이 된다
어우러져 온통 날뛰는 판에 정신이 하나도 없다

그러나, 생글거리며 응석을 부릴 때
때론 어른보다 더 시근(철)이 멀쩡한 말을 할 때
무척 놀라고 그렇게 귀여울 수가 없다

잠시라도 안 보이면 궁금해서 찾고
어딜 가면 온 집안이 텅 빈 듯 허전하다

옛말에,
"아이는 태어나 3년 안에 효도를 다 한다" 했다

어제와 오늘과 내일

그냥 뜻 없이 보낸 많은 시간들
퍼내도 퍼내도 줄지 않는 샘물 같았다
늘 그럴 줄 알았다

젊을 땐 젊음을 모르고
행복을 행복으로 알지 못했다

오늘은 무덤덤하고 힘들고

지루하고 더디기만 한 세월도
돌아보면 화살처럼 빠르다

가버린 시간은 한없이 아쉽고 그립고
기대 속 보랏빛 내일을 꿈꾼다

그런 게 삶인가?
어느덧 그 많던 시간도 다 지나가 버렸다

젊음도 늙음도 삶의 한 과정

내게는 젊음이 없었고 언제나 노인이었던 것 같고
젊은이는 종류가 다른 사람 같다

철없는 아이

아들이 이혼하고 두 손녀와 함께 집으로 들어왔다
말없이 맥주를 홀짝이며 새벽 4시에 잠드는 모습 가슴이
무너진다
이혼이 아무리 흔하다 해도 남의 일로 알았는데—

큰아이는 심이 들었지만 작은 아이는 아무것도 모른다
큰아이는 눈치를 보고 작은 아이는 제멋대로다
행여 상처를 받을까 봐 다독이고 응해 주지만 마음이 아
프다

끝없이 조잘대고 묻는 작은아이에 웃으면서도 말 없는 큰
아이가 더 마음 쓰인다

큰아이는 엄마처럼 동생을 돌보고 작은아이는 언니를 엄
마처럼 따른다
당연히 누려야 할 엄마의 사랑을 잃은 게 아이의 잘못이
아니다

곱고 바르게 잘 자라야 할 텐데
힘없이 앉아 있는 모습이 가엾고 속상해 몰래 눈물을 글
썽이지만,

>

아들은 일 때문에 나가 있어, 집에 자주 오지 못한다

이제, 할머니와 할아버지는 젊은 날의 엄마 아빠로 다시
돌아가지 않으면 안 된다
안일安逸을 잃었지만 고독과 외로움을 버리게 됐다고 해
야 할지

자식의 잘못은 부모의 잘못 그 모든 짐을 짊어져야 한다

막내딸을 시집보내고

막내딸을 시집보내는 아버지의 마음
대견하고 섭섭하고 기쁘면서 슬프다

어릴 땐 나이와 햇수를 손꼽으며
언제나 시집갈까 했는데, 시집을 간다

철모르는 아이 먼 곳으로 보내듯
염려 속 가슴 한구석 텅 빈 듯 허전하다

잘하고 있을까? 힘들지 않을까?

다른 일에 정신을 빼앗겼다가도
문득문득 떠오르는 근심과 걱정
너무 가엾고 애처롭다

때론, 우두커니 서서 먼 곳을 바라본다
여느 아이들은 그러지 않았다

노인 종합복지회관

모두가 노인이다
주름지고 허옇게 머리가 세고 훤칠함이나 아름다움은 사
라졌지만
한결 마음이 밝고 가볍다

나이가, 늙음이 이곳에선 주눅이 들거나 창피하지 않다
모두 동등하고 평등하고 떳떳하다!

상처를 주거나 어떤 비하나 서러움이 없어 무척 편하고
홀가분하다

노인 종합복지회관은 노인의 해방구요, 천국!

스스로 갇히는 소외와 차별에서 벗어나 즐기거나 놀 거
리가 많아
무료하고 막막한 시간의 감옥에서 벗어날 수 있다

그리고, 잠시라도 옛 젊음을 되찾은 듯 무척 유쾌하고 즐
겁다

어렸던 아이의 오늘 모습

낯선 젊은이가 공손하게 인사한다
전혀 모르는 젊은이라 어리둥절하다
아는 체할 수도 없어 머뭇거리자,
"제가 ○○입니다!"
젊은이가 밝힌다 (친구 아들)
그러자, 어린 날 아이의 모습이 확 떠오른다
"아! 그래 맞다, 전혀 모르겠구나!"
옛 모습이 조금 보인다 확대된다
기억 속의 조그만 아이가 멋진 청년으로 앞에 서 있다
당당하고 훤칠하다
"크는 아이는 어떻게 자랄지 알 수 없다니까!"
혼자 되뇌지만, 그만큼 자신이 늙은 것을 알지 못한다
아이들은 십 년이면 전혀 알아보지 못한다
어른은 거의 변하지 않는다

어른들은 아이의 늠름한 오늘의 모습보다
언제나 옛 어린 날의 조그만 모습에 집착한다

아내

꿈같은 신혼을 거쳐 이제 황홀한 단꿈은 세월에 바래 버렸지만, 그 곱던 모습 없어도
같이한 세월을 사랑하지 않을 수 없다

행복하거나 불행한 것도 아닌 변화 없는 밋밋한 세월을 겪고 부대끼며, 멀고 먼 길을 의지하며 함께 걸었다

그냥 익숙하고 한없이 편한, 삶의 고비마다 서로 기댈 수 있었던 없으면 세상이 다 빈 듯한 견줄 수 없는 즐거움이 안타까움이 되기도 했다

원망하거나 서운해도 나를 지켜주고 끝없이 변명해준 진심으로 내 편인 사람
사랑한다 말 한번 안 했지만,
아내가 없는 삶을 생각할 수 없는 길기도 빠르기도 한 세월이었다

두 세상이 만나 하나의 세상을 만드는 달콤하고 쓰디쓴 현실이 맞닿아 늘 숨차게 했다

늙어 그 소중함을 안다는, 여보 당신이라고 부를 수 있는 이 세상 오직 한 사람

내 생애의 많고 많은 사람 중 가장 기막힌 인연의 내 반쪽
인, 그래서 온전한 사람이되게 한 고마운 여자

온갖 풍상을 헤치며 길고 긴 세월처럼 서로 닮은 모습
건강하게 옆에만 있어 줘도 더 바랄 것 없는 내 몸 같은 나
의 분신인, 좋았던 날도
좋지 않았던 날도 어찌 없었으랴!

3부

세월

어릴 적엔 한 살로
두 살씩 먹을 수 없을까
답답해했다

어느덧 나이가 드니
두 살을 한 살로 먹을 수 없을까
안타까워했다

어린 날 시간은 실타래처럼
풀어도 풀어도 남더니,
나이 먹을수록 얼마 남지 않아
빠르게 작아진다

시간은 유수流水라 했던가!
그러나 시간은 나이에 따라
다르게 흐르나 보다

젊은 날은 넓은 평원을
늙은 날은 급한 계곡을

어미 맘

눈에 차는 자식 하나 없다

하나같이 속을 썩이고
딸년들은 오면 가져갈 궁리만 한다

다른 집들은 안 그러지 싶다

지지리 복도 없지
내같이 복 없는 년은
세상천지에 없을 거다!

푸념을 늘어놓으면서도
속으로 더 못 줘 또 마음 아프다

금지된 사랑

젊은이의 사랑은 아침 이슬처럼 영롱하다
노인의 사랑은 퇴색한 조화造花처럼 가련하다

아름답고 황홀한 젊은이의 사랑
애써 감추려고만 하는 비밀 같은 노인의 사랑

젊은이의 사랑은 곱고 화사한 꽃을 보듯 즐겁지만
노인의 사랑은 낡고 몸에 맞지 않는 의복처럼
쑥스럽고 민망하다

젊은이의 사랑은 축복받고 찬양하지만
노인의 사랑은 금지된 사랑처럼 어색하고 딱하다

천국을 엿본다는 젊은이의 사랑
오래된 굽은 나무에 겨우 꽃이 피듯
노인의 사랑은 아름답기보다 애처롭고 슬프다

딸 아이 돌보기

딸이 맡긴 아이 돌보기가 때론 힘겨울 때가 있다
이제야 쉴 수 있는가 했는데, 뭐 하는가 싶기도 하고

"외손자 귀여워하니 방앗공이를 귀여워하라 했다!"
"아이 키운 공은 없다!" 친구가 말린다

아이 맡길 마땅한 곳이 없는 딸을 외면할 수가 없다

아이에 매여 꼼짝할 수 없지만,
사랑스럽고 파릇파릇 돋아나는 새싹을 보듯 귀엽기도 하다

논 매는 게 아이 보기보다 낫다는 옛말이 있다

팔이 아프고 허리가 시큰거리기도 하는데,
때론, 아이 맡겨놓고 일 핑계를 대며 딴짓하고 속일 때
얄밉기도 하지만 모른 체 넘어간다

아기가 자라 시집 장가갈 즘에는
할머니는 호호백발이 되었거나 세상에 없을지도 모른다

우유 먹이고, 기저귀 갈고, 목욕시키고, 안고 업고……
온갖 정성으로 애써 키운 걸 정말 알기는 할지

노부부의 대화

아내는 영감이 가까이 오는 게 귀찮고 싫다

영감은 아내에게
'이제, 속 썩이지 않고 정말 잘할 것'이라고 말하고 있다

요즘 가끔 하는 영감의 말,
"늙어 철든다고 내자內子가 소중한 걸 이제 알았지!
열 자식보다 악한 처가 더 낫다!"

아내의 말,
"젊을 때 잘 했어야지요!"

그리고는 혼잣말처럼 중얼거린다
"지금의 반만 했어도 덜 구박을 받을 텐데!"

나이 계산

앞으로 얼마나 더 살까?
우리나라 평균 수명이 83세

몇 년 남았지?

부친이 85세를 넘겼으니
그만큼은 살까?

그래도 10년이 안 된다
"안 늙을 줄 알았는데ㅡ"

요즘은 자주 나이 계산을 한다
10년 또는 15년 뒤를 생각하곤,
"그때면 몇 살이다!"라고

서서히 기울며 저무는 해
아무리 거부하고 인정하지 않아도
깃드는 땅거미를 어쩔 수 없다

악처?

속상하면 있는 대로
사람 속을 뒤집는데 선수 미워죽겠다

일일이 다 상대할 수도 없고
어떻게 해야 잘 처신하는 건지
도무지 모르겠다

무한히 밉고 무한히 불쌍하고
왔다 갔다 하는 내 마음 나도 모른다

산다는 게 뭘까?
지지고 볶고 안달복달하고 히히 헤헤 웃고
그래서 지겹기도 하고 즐겁기도 하다

다 이렇게 사는 걸까?
이런 게 삶일까?

"세상에 안 싸우고 사는 부부 어딨어요?"
그게 다 사는데 양념이라나!

추억

정자나무 아래 노인 두어 분이 한가로이 앉아 있다

무슨 이야길 하는 것도 아니고
아무 움직임도 없이 하염없이 앉아 있다
무료한 듯하나 적적해 보이지는 않는다

무슨 생각에 저리 잠겨 있을까?
아니면 뭘 추억할까?

어쩌면 인간은 추억을 먹고 사는 동물
나이가 들수록 그 속에 살고 더 기댄다

추억은 결코 늙지 않으며
세월이 갈수록 미화되며 아늑하고 달콤하다

추억마저 없다면 무슨 재미로 살까?

지팡이를 친구 삼고 앉아 화석이 된 듯
언제나 그 자리에 앉아 있다

오늘의 아내

아내가 날씬하고 예뻤다

그러나, 그 여리고 가냘프던 아내는
어느덧 체중이 늘어
옛 옷을 하나도 입지 못한다

어깨는 돌에 눌린 듯 결리고
산에 오르면 머리에서 바람이 나고

무릎이 시큰거려 계단을 게걸음처럼
옆으로 오르내린다

안쓰럽고 측은해 바라본다

느릿느릿 걷는 모습
젊은 날의 그 곱고 아름다운 여인은
어디로 가버렸을까!

자식이란

무자식이 상팔자라 했던가
자식은 있어도 없어도 걱정

어릴 때 잠시도 손 놓을 수 없고
자라면 염려 속에 잔소리만 는다

자식은 애물단지
안쓰러워하고 속상해하고 후회하고……

그리고, 저절로 큰 줄 알고 시집 장가가면
제 새끼가 제일이고 부모는 뒷전이다

잘된 자식 못된 자식
잘되면 제 탓, 못 되면 부모 탓

힘든 자식일수록 더 아프고 아리고 안타깝다
아픈 손가락이다

속 썩이는 자식을 두고
"차라리 없는 것보다 못해!" 하던,
어느 노인의 한숨이 슬프고 우울하게 한다

추위

어른들은 겨울 추위가 해마다 다르다 했다

그래선가 이상하게 추위를 탄다
두꺼운 내복을 껴입어도 마찬가지

느끼는 추위의 강도가 해마다 달라진다
늙어 진이 다 빠져버린 모양이다

밖을 나오면 비수 같이 찌르는 날카로운 추위
오싹해지는 통증마저 느낀다

겨울 없는 곳에서 살고 싶다고 수없이 투덜댄다

한때, 추위가 시원한 날카로움 같고
팽팽한 조이는 긴장감으로 겨울을 그리워한 적도 있었다

이제, 겨울이 싫다 아니 무섭다
견뎌내기 어려운 시련같이 막막하다

가을이 오면 낙엽이 지듯 어쩔 수 없는 생명의 끝자락
서럽게 가슴을 훑는다

뒷방 노인네

영이 서지 않는다 이제, 모든 걸 내려놓아야 한다

잔소리해도 지나가는 거슬리고 시끄러운 바람 소리쯤으로 안다

왜 그렇게 열심히 살았을까!
남은 건 쭈그러진 얼굴과 시큰거리는 무릎
구부러진 허리와 되씹는 핀잔뿐이다

쉴 새 없이 바람을 불어넣어야 하던 고된 풀무질
먹이고 입히고 가르치고 흐르는 이마의 땀이 마를 날이
없었다

이제, 낡고 바람이 새는 헌 풍로일 뿐 아무런 쓸모가 없다

가을이 오면 단풍 든 잎이 바람에 날려 떨어지고
봄이 오면 새잎이 돋아 다시 울창한 푸른 숲을 이룬다

망령妄靈된 마음

전철 속 젊고 아름다운 여인이 있다

젊었을 적 그 뜨거운 간절함은 무뎌졌지만,
아름다움에 설레는 마음까지야 어쩔 수 없다

이제, 젊은 여인을 바라보는 것조차 죄스럽지만
그래도 안 보는 척 자꾸 훔쳐본다

아름다움은 사람을 움직이고 행복하고 기쁘게 한다

슬픈 치매의 모습

삶을 놓아버린, 짐스럽기만 한 서럽고 남사스러운 삶
자기가 무엇을 하는지 도대체 알지 못한다

그러나, 끝없는 푸념과 예측할 수 없는 행위 속엔
삶에 대한 집념과 집착이 스며있다

헝클어진 흰머리 표정 없는 시선
형해形骸 같은 모습이 슬픔을 안긴다

추한 노망의 모습이 싫어
죽을 약까지 농籠 속에 깊이 숨겨두고
어느새 자기도 모르게 노망이 든,
어느 노모老母의 이야기가 우리를 슬프게 한다

살아도 산 것이 아닌, 너무나 기막히고 절망스럽다

정을 떼기 위해 인연을 끊기 위해
서로에게 씻을 수 없는 상처를 주는,

아물지 않는 슬프고 아린 영원한 흉터만 남긴다

어버이

어머니 아버지
두 글자가 합쳐 어버이가 됐듯이
우리는 그렇게 태어났다

제 살기 바쁘지만,

물가에 아이처럼
부모는 늘 자식 걱정

어버이는 잊히지만
그 자식이 다시 어버이가 된다

염색

염색을 안 하면 볼품없는 모습이 더 늙어 형편없다

이마 둘레로 하얀 머리가 흰 띠처럼 검은 머리와 층을 이룬다

염색할 때마다 염병을 앓는 것 같다는 친구 말이 새삼스럽다

염색하면 한결 산뜻하고 말끔해 한 십 년은 젊어진다

염색한 머릿결이 누렇게 퇴색하면 다시 폭삭 되 늙어버린다

저항력이 약해졌는지 염색하면 요즘은 자꾸 가렵다

염색을 안 할 수도 없고 정말 귀찮고 성가시고 너무 싫다!

4부

부부夫婦

젊어서 사랑으로 살고
중년에 자식으로 살고
노년에 정으로 산다

젊어선 서로를 알뜰하게 아끼고
중년은 자식 사랑으로 인내하고
노년은 미운 정 고운 정 이끌려 산다

그림자처럼 붙어 떨어질 수 없고
서로 닮아 육신의 한 부분처럼
불편함이 없다

젊었을 땐 연인戀人
중년은 조언자助言者
노년은 친구親舊

말없이 교감交感하고
습관같이 익숙하며
내 몸같이 한 몸으로 산다

툇마루에 앉아서

옛적의 고요가 그대로 머물러 있는 툇마루에
늦가을 햇살을 해바라기 하는
점점 작아지는 할머니의 하얀 모습

종일 아무 말 없이 산을 마주 보고 앉아 있다

새색시로
아기 엄마로
분주한 아주머니로
어느덧 할머니로 이어온 삶

들이치는 비바람에 툇마루도 함께 낡으며
할머니가 수없이 닦고 닦아 반질반질 윤이 나 있다

세월과 추억이 두껍게 앉은 툇마루
옛적이나 지금이나 같은 자리 같은 위치에서 보는
계절의 풍경들

할머니의 그 할머니도 저렇게 앉아 계셨으리라

자식 사랑

한 설문 조사에서 오십 대에게 가장 원하는 게 자식이 잘
되는 거라 했다
　농사 중 자식 농사가 제일이다
　자식이 못 되면 부모는 헛산 듯 평생 무거운 마음의 짐을
진다

　세월이 지나, 자식이 늙는 게 또 마음 아프다
　"너도 늙는구나!"

　늘 가슴 한구석 짠한 생각 헤아릴 길 없는 애틋한 부모 맘
이다
　팔십이 된 노부모가 오십 먹은 자식을 걱정한다

　자식은 이래도 걱정 저래도 걱정 미련하다 할 수밖에 없
는 자식 사랑

　자식도 부모에게 걱정을 들으면서 또 아이에겐 어쩔 수
없는 부모가 된다

　어쩌면 자식은 걱정덩어리
　때론, 끝없는 부모의 근심을 이해 못 하면서 자신도 똑같
은 근심을 한다

어느 노인 병동

흰머리 할머니
한 군데 오글오글 모여 있다

한때,
꽃다운 나이 때도 있었는데

자식들은 보이지 않고
구석에 기저귀만 보인다

시간에 맞춰
무표정한 간호부가
이따금 왔다 갔다 한다

자랑스런 연장자

후줄근한 노인이 길을 걸어가고 있다

옛날에는 나이 많은 이가 존경받고 상 어른이었다
젊은이는 노인을 어려워하고 감히 거역하지 못했다

나이 많은 연륜을 권위와 자랑으로 알았기에
친구를 사귈 때도 서로 나이를 올리려 했다

당시는 호적과 실제 나이가 같은 이가 거의 없었다

실제 나이가 아닌데도 어쩔 수 없이 속인 나이로
그냥 환갑잔치를 치른 일이 있었다는 말을 들은 적이 있다

어버이날

일 년이 아닌 매일 하루로 헤아려야 할 마음
그러나 하루의 관심으로 일 년을 잊는
오늘 우리의 효도 풍속

해마다 나아질까 해도 언제나 힘들고 빠듯한 삶

알면서도 못하고 늘 생각하면서도 안 되는
붉은 카네이션 한 송이로 대신하는 자식의 맘

서로 다른 생각으로 염려하고 바라는 마음 틀려도
사는 게 뭔지 마음만 있을 뿐 못다 한 아픔을
속으로만 되뇐다

무슨 훈장이듯 여러 개 카네이션을 주렁주렁
가슴에 단 할아버지

흐뭇한 기쁨의 표시인가 소외된 슬픔의 한인가

연탄재처럼 메마르고 가벼워진 모습으로
흔들리는 걸음으로 길을 가고 있다

젊은 옛 아내 모습

거울 앞에 앉은 흰머리가 많아진
아내의 옆모습을 안 보는 척 훔쳐본다

환한 봄볕 속
버들강아지가 보송보송 피는 개울가에서
빨래하던 고운 색시는 어디로 갔을까!

손이 시리지 않을까 안타까워하던,
그 아련한 세월이 바로 어제만 같다

개울은 그 자리에 옛날처럼 있는데
꽃처럼 아름답던 새색시는 어디로 갔을까!

잠시도 떨어지기 싫고
황홀한 꿈만 같고 설레고 가슴 촉촉한,
신혼의 그립고 아름다운 추억과 낭만!

그때, 그 시절로 다시 돌아가고 싶다

밥그릇

옛날에는 식구마다 제 밥그릇이 따로 있었다

특히 어른 그릇은 누구도 함부로 사용하지 않았다

식탁에 놓인 그릇을 가만히 바라본다

밥그릇도 시대를 따라 변하는가 보다

질그릇, 놋그릇, 알루미늄 그릇, 플라스틱 그릇,
스테인리스 그릇, 사기그릇……

그렇게 변해 왔다

그릇은 시대의 삶과 풍습과 생각을 담는다

식탁에 놓인 밥그릇이 모두 똑같아 구별할 수 없다

옛날처럼 어른이 쓰던 그릇을 이제 찾을 수 없다

벚꽃 구경

해마다 벚꽃 구경을 간다
꽃구경한 지가 꼭 어제만 같은데,
어느새 일 년이 훌쩍 흘렀다

하루는 지루하고 일 년은 금방이다

하늘하늘 눈송이처럼 떨어지는 화사한 벚꽃은
웨딩드레스의 신부처럼 눈부시고 황홀하다

연인, 가족, 친구
웃고 떠들며 사진 찍기에 바쁘다

전엔 아이들과 함께 왔었고
세월이 지나 아내와 둘이 왔었고
지금은 혼자 쓸쓸히 벚꽃 구경을 한다

입관入棺

생전의 모든 정을 뗀다 한다
생명을 놓은 차갑고 헝클어진 모습 마음을 어지럽힌다

이승의 짐을 놓은 수척한 벗은 몸
까다로운 격식에 따라 다시 겹겹이 수의壽衣를 입는다

손을 잡던 따스한 온기는 간 곳 없고
마지막 손을 잡으니 차디찬 냉기만 가슴까지 차온다

관 뚜껑을 닫을 때의 쏟아지는 눈물
풀 길 없는 슬픔과 억울함과 애석함
돌아 뵈는 그 긴 삶의 여정들
영원의 이별 이제 다시 볼 수 없다

돌이킬 수 없는 그립고 안타까운 시간들

부모는 다름 아닌 자식의 몸인데,
눈을 감으면 더 선명해지는 밤 시간이 무서운 서러운 모습

시간이 갈수록 뉘우침과 그리움 속에 인생이란 뭘까?
다시 돌아보게 한다

젊은 노인

공원에 갔다가 점심시간에 한 식당에 들린다
옆자리에 노인 셋이 점심을 먹고 있다

체격이 큰 한 노인이 로또복권 한 장을 흔들며,
"당첨되면 자네들 술독에 푹 담갔다 꺼내 주지!" 해,
주위 사람들을 웃긴다

나보다 조금 연배려니 했는데,
여든여덟이라 해 입을 딱 벌리고 말았다
어쩜, 저렇게 정정할 수 있을까!
동석한 노인들도 여든, 여든셋이라 한다

요즘 노인들은 너무 젊다
육십 노인은 노인도 아니다
노인은 할 일도 갈 곳도 있을 곳도 없다

너무 젊은 노인들!
하루하루가 너무 길고 할 일이 없고 지루하다

가야 하는 데 갈 곳이, 있어야 하는 데 있을 곳이 없다
노인이면서 노인이 아니고 노인 아니면서 노인이니
슬프고 서러울 수밖에

자식 자랑

노인들이 모이면 온통 자식 자랑으로 신이 난다

아들도 딸도 다 잘 돼 있으며,
손주 손녀도 좋은 학교에 다니거나 취직했다 하고

수시로 자녀들이 많은 용돈을 준다 으스댄다

모두 성공해 다 잘들 산다고 자랑인데,
우리 애들은 왜 그 모양일까 속상하고 슬프지만

그래도 이혼 안 하고 사는 게 참 다행스럽고
그게 제일 효도라며 무척 고맙고 기특하게 생각한다

젊은 여인들

거리의 젊은 여인을 구경하는 게 참 즐겁다
그녀들만이 갖는 해맑음과 풋풋한 싱그러움
무한한 축복과 찬사를 보낸다

아름다운 꿈을 퍼뜨리는 향긋한 꽃이다

황홀한 눈부신 벚꽃
탄성이 터지는 아름다운 장미
한없이 마음을 깊게 하는 그윽한 국화
하늘거리는 청초한 코스모스

사랑과 기쁨을 안겨주는 하늘이고 나부끼는 꽃
온갖 모습의 매혹적인 꽃이다

은은한 여운과 설레는 행복감에 빠지게 한다

나이가 들면,
젊은 여인은 무한한 동경이요 그리움이다

더할 수 없는 기쁨과 향기이며 영원한 구원!

수목장 樹木葬

푸른 나무 한 그루가 고즈넉이 서 있다
머리 위로 흰 구름이 흐르고
바람이 스치는지 나뭇잎이 흔들린다

한 포기 나무가 되고 싶다 하더니
그는 마침내 나무가 되었다

육신과 영혼은 나무와 함께 영생하게 되었다

꽃 한 송이 놓고 다시 그를 가슴에 묻는다

욕심을 놓아버리지 못하는 수고로운 삶들
결국 한 줌 흙으로 돌아가고 마는걸

그를 느끼듯 자꾸 나무를 쓰다듬는다
따뜻한 그의 체온이 전해지듯 슬프다

혼자 두고 가는 게 서러워
멀어지는 나무를 돌아 돌아본다

세월의 힘

세월은 모든 걸 데려간다
꽃다운 나이도 눈부신 아름다움도
좋았던 일도 안타까웠던 일도
도도한 거친 물결에 휩싸여 흐른다

꿈같은 행복도 견딜 수 없는 고난도
세월이란 물결에 다 씻겨 버린다

지난 것은 희미해지고 미화되고
달콤해진다

부귀영화도 권세權勢와 명예名譽도
세월은 망각과 함께 모든 걸 실어간다

낡고 퇴색하고 허물어지고
단단 무쇠도 부스러진다

세월을 이기는 건 세상에 없다

장례예식장

요즘 큰 병원에는 장례예식장이 다 있다
병원에서 운명殞命하면 바로 장례예식장으로 간다

이 생에서 저 생으로 가는 영원의 길인,
생전의 인연을 닫는 경건한 의식인 염殮
장례지도사의 솜씨가 날렵하고 능숙하다

슬픔과 눈물이 어린 서러운 이별의 시간에
저승길 노잣돈으로 망자 품에 돈을 넣고
그 돈이 많을수록 장례지도사의 손길이 정성스럽다

삼베로 된 수의壽衣를 겹겹이 입히는
무슨 깊은 의미가 있는 것 같은데, 무의미하다

장례의식葬禮儀式은 으레 장례예식장의 진행대로
따를 수밖에 없고

꼭 해야만 하고 반드시 지켜야만 하는,
겉치레인 관습과 영리한 상업적 합작품?

5부

황혼 이혼

은퇴한 남자의 자조적自嘲的인 농담이 회자되고 있다

공포의 거실 남, 파자마 맨, 젖은 낙엽, 삼식三食이,
지공도사(지하철 공짜)……

별 볼 일 없어진 은퇴한 남자는 갈 곳이 없다
지난날의 권위는 내려놓기 싫고

시도 때도 없는 간섭과 끝없는 불평과 잔소리에
아내는 지치고 힘겹다

"정말 헛살았다!"
남자는 살아온 삶 자체가 허망하고 후회막급이지만,

돌이킬 수 없는 거세게 흐르는 세태世態와 현실現實을
혼자서 버티거나 외면할 수 없다

"내가 바란 건 이런 삶이 아닌데—"

황혼 이혼으로 갑자기 혼자가 된 가엾고 꺼칠한 남자
파자마 바람으로 설거지하는 구부정한 뒷모습이 서글프
고 서럽다

이웃의 죽음

조석으로 만나던 옆집 영감이 갑자기 죽었다
무척 슬펐지만 내가 건강하다는 기쁨을 만끽한다

언젠가 내가 죽는다면,
이웃의 누군가가 또 나와 같은 기분일까?

가까운 이웃의 죽음은 새롭게 삶을 확인시킨다

남이 죽는 건 일상이고 내가 죽는 건 상상하지 못한다

죽음이란 뭘까?

잠들기 전과 잠든 후의 차이
태어나기 전의 세월과 떠난 후의 세월

그전에도 그 후에도 세상은 있었는데

상여 喪輿

남의 짐이 되어 영원의 망각忘却 속으로 실려 간다

저 울긋불긋한 상여는 산 자를 위한 것
산 자면 누구나 가야 할 결코 가고 싶지 않은 길이다

번잡한 상례喪禮는 죽음을 부정하는 슬픈 거부
영원으로 살고 싶은 욕망은 이승과 저승으로 구별하지만

죽음은 무한의 잠 아득한 무의미 無意味

구슬픈 상엿소리에 따라 상여가 지나간다

죽음은 섬뜩하고 차가운 아픔을 남기고
영혼이 벗어놓은 창백한 자국은 슬프고 공허하다

죽은 자는 산 자의 기억 속에 살고 산 자처럼 이야기된다

효도 여행

미수米壽에 가까운 아빠와 건강이 좋지 않은 엄마를 위해,
　부모가 아직 거동이 자유로울 때 자식들이 모시고 여행하
기로 한다
　딸린 가족은 다 두고 오직 직계 자식만 홀가분하게 떠난다

　자식(아들 하나 딸 셋)이 한껏 웃고 떠들며 철없는 즐거운
아이가 된다
　부모는 자식들의 어릴 적 추억을 떠올리며 무한한 그리움
에 잠긴다

　어느덧 중년이 된 자식들이 정답게 걸어가는 모습을 바
라보며,
　이런 기분 언제였나 실로 오랜만에 행복 가득한 기쁨을
느낀다

　엄마는 오르막이나 계단에서 빨리 걷지 못해 딸들이 부
축한다

　푸른 가을 날씨가 하필 여행 가는 날 흐리고 비가 올지 모
른다 했는데 다행히 구름만 끼었다

　아빠가 아직 여행하지 못한 경주로 왔다

주말이어서일까 여행 온 사람들로 거리와 골목이 북적거
린다

　첫날은 첨성대와 보문단지 다음 날은 불국사와 석굴암
에 간다
　밤엔 호텔 방에 모여 지나간 어릴 때 여러 이야기로 웃고
떠들며 그립고
　아련한 추억에 잠긴다

　넉넉지들 못한데, 그 마음들이 너무 고맙고 기특하다 거
듭 생각한다

　뭘 먹거나 사려고 할 때마다,
　"돈 아껴라! 안 비싸냐?" 하면
　"이럴 때 돈을 아껴서 어디에 쓸려고요!" 모두 밝게 웃는다

　여행에 남는 건 사진뿐이라며 엄마 아빠를 안거나 둘러싸
며 수없이 사진을
　찍고 찍는다

돌아보는 세월

그때는 몰랐다
뭐가 그리 바쁜지 늘 일에 쫓겨 허덕거렸다

구불구불 돌아가는 오르막이 삶
땀에 젖고 숨이 가빠 옆을 돌아볼 새가 없었다

늘 급하고 분주하고

그러나, 그 많던 일들이 모두 사라져버렸을 때
전혀 행복하지 않았다

이제 힘겨운 짐을 겨우 벗고 편한 내리막길인데,

다리에 힘이 빠져 제대로 몸을 가누기조차 힘들어
후들거린다

화려한 조화행렬

어느 권세가의 모친 상가喪家
대문에서 골목으로 늘어선 긴 조화행렬弔花行列
이름표를 달 듯 저마다 긴 휘장을 드리우며 뽐내고 있다

경염競艶하듯 위세威勢하듯 온통 골목으로 넘치는
크고 작은 흰 국화꽃 화환들 때아닌 국화꽃 잔치가 벌
어졌다

그 화환花環에 흐뭇해할 상주
늘어선 화환에 놀라는 문상객問喪客

며칠 지나 그냥 버리기엔 너무 아깝다

"한 트럭도 안 넘겠나!"
"죽은 뒤 트럭으로 갖다 놓으면 뭘 해!"
"상주 보고했지. 죽은 사람보고 했나?"
"꽃집이 살판났네!"

아무것도 모르고 누워 계시는 분
이 화려한 꽃 제전祭典에 황홀해 할까?

정승보다 정승의 말 죽음에 더 긴 조문 행렬
예부터 즐겨 하는 우리 이야기다

대단한 삶

어쩌다 보니 어느새 나도 늙은이가 됐다
살다 보니 그리됐다

세월이 언제 그리 빨리 흘렀을까 싶고
인생이란 뭘까 새삼 돌아보게 한다

짧다면 짧고 길다면 긴,
먹고 살기 위해 버둥거리다 다 지나가 버렸다

이런 게 삶이고 인생일까?

노인 될 때까지 살았다는 게
참 대단하고 업적이라면 업적이다!

삶의 이유

사람이 삶을 산다는 건
참으로 오묘하고 흥미롭다

저보다 나이 많은 이를 보면
무슨 낙으로 살까 삭막해 하지만

살아보면 그 나이에 맞게
삶의 이유와 즐거움이 있고
더 깊고 간절하다

어차피 삶은
자기 위주일 수밖에 없고

제 잘 난 맛에 살 듯
저마다 삶 속에서
행복과 기쁨을 찾는다

수의壽衣

수의壽衣를 장만한다

수의를 입은 자신의 모습을 바라본다

모든 것을 놓은 창백한 얼굴

미련의 끈을 놓지 못하고 끝없이 갈구한,

노엽고 수고로운 삶

연민과 측은함을 떨칠 수 없다

먼 세월

아버지 어머니와 앞산 기슭 밭에 콩과 조를 심던 때가
어제만 같다

집집이 저녁 짓는 연기가 푸르게 마을을 감싸며
땅거미가 내리고 풍성한 수확의 기쁨에 일이 된 줄 몰랐다

하루의 일을 끝낸 사람들이 삼삼오오 집으로 돌아오고
아이들은 떠들며 골목으로 뛰어다녔다

농사일을 시작하는 부산스러운 봄날의 해 질 녘 어스름
돌아보니 아득히 먼 세월이 흘렀다

삼일장三日葬

남편은 병이 없었다
늦도록 일어나지 않아 흔들자
나무토막처럼 이미 온기가 없다

가장 행복한 죽음이라고 하지만,
너무 허무하고 기가 막힌다

오래 앓아 집안 거덜 내는 것보다
오히려 낫다는 것이다

울고불고 목이 쉬어 애통해해도
서두르듯 삼일장으로 떠나보낸다

텅 빈 집 꼭 살아 있는 것만 같고
잠시 마실 갔다 돌아올 것 같다

메울 수 없이 커다랗게 가슴에 난 구멍

이제 영영 다시 볼 수 없다니!
애틋한 추억만 한없이 서럽다

떨어지는 은행잎

은행잎은 낙엽이 더 아름답다

깨끗한 노란색 잎은
웃음처럼 온 세상을 밝고 환하게 흔든다

한 움큼 주워 하늘 높이 흩뿌리듯
조그만 바람결에도 팔랑개비처럼 뱅그르르 돌며
우수수 떨어진다

짙게 물든 노란 잎이 땅바닥에 가득 내려앉는다

나무 주위로 드리워진 샛노란 그림자처럼
낙엽은 산뜻한 물감 같다

낙엽은 우수처럼 슬프고 쓸쓸하지만
맑고 투명한 노란 은행잎은
땅에 떨어져서 더 생명을 얻듯 생기 있고 선명하다

생의 마지막은 살아온 그 삶의 모든 모습이다

호상好喪

노老 할머니가 돌아가셨다
아래로 퍼진 자손이 수십 명이다

구순九旬 잔치에 기념으로 찍은 가족사진
아기와 아이와 중고교 학생, 처녀총각, 청장년, 노년
모든 세대가 함께 있다

앉고 선 모습이 옛 초등학교 졸업사진 같기도 하다

상가喪家는 슬픔보다 부산한 즐거운 잔칫집 같다
격식을 차릴 때 곡哭을 하지만
돌아서면 웃고 떠들고
죽음이라는 서러움은 어디에도 없다

호상好喪이다!
문상객問喪客들도 위로보다 축하하듯 말한다

구성진 선소리꾼의 신명에 따라
긴 상여의 행렬에 만장挽章이 펄럭거린다

한없이 가벼워진 노 할머니의 육신처럼
상여는 덩실덩실 춤을 추듯 가볍다

법문法問

아주 오래된 고찰古刹을 찾았다

새소리 바람 소리 물소리
한없이 맑고 고즈넉하다

신선神仙 같은
구순九旬 노승老僧에게
법문法問을 청했다

"지나고 보니, 잠깐이야!"
하시고는,

멀리 흘러가는 구름을 바라본다

삶의 의미

무無에서 나와 다시 무無로 돌아가는 것
태어나기 전과 죽은 후의 무無

오래 살았거나 일찍 죽었거나 무한한 영원의 세월 앞에
선 똑같다

다만, 살아 있는 동안 여러 가지 좋은 경험을 많이 쌓고
갖는 것
　하고 싶은 일을 하고 훌륭하고 의미 있는 일을 해보는 것
　주어진 일에 최선을 다해 후회 없는 삶을 사는 것

미루지 말고 좀 더 적극적으로, 망설이기보다 직접 부딪
치는 것이,
　부정보다 긍정으로 사는

보람 있는 소중하고 멋진 체험을 다양하게 겪고 많이 가
져보는 것
　세상에 태어난 참된 삶의 의미다

그리고 오늘을 즐겁고 감사하는 마음으로 사는 것이다

풀잎에 맺힌 이슬 같은 삶 다시 오지 않는 한번 온 귀한
인생이다

새로운 기회로서의 노화와 전부로서의 가족

— 배영운의 시 세계

권 온 문학평론가

새로운 기회로서의 노화와 전부로서의 가족
— 배영운의 시 세계

권 온 문학평론가

1.

필자는 배영운 시인을 규정할 수 있는 어휘로 '성실성', '지속성' 등을 꼽고 싶다. 그는 그동안 시집 『야산을 보며』 (2014), 『초봄의 수양버들에서』(2016), 『차를 마시며』(2016), 『황홀한 우화』(2020) 등을 꾸준하게 간행한 바 있다.

시인이 이번에 출간하는 새 시집 『이명耳鳴』은 그동안의 문학적 역량을 집약하면서 인생의 새로운 단계에 진입한 이가 발견한 소중한 가치를 시적으로 형상화한다. 배영운이 발견한 소중한 가치의 이름은 '가족'이 될 수 있다. 그는 늙음의 상태에 도달한 노인의 입장에서 '부모', '자식', '부부' 등을 자신의 시에 껴안는다. 사회의 핵심 단위이자 형태로서의 가족을 다양한 방식의 언어로 점검하는 시인의 시도가 아름답다.

우리가 이번 시집에서 각별히 주목하는 11편의 시들은 다

음과 같다. 「이명耳鳴」, 「건망증」, 「외로운 갱년기」, 「노인」, 「늙음」, 「부모 자식 간」, 「늙음이란」, 「쉴 수 없이 바쁜 그들을 보며」, 「어미 맘」, 「자식이란」, 「부부夫婦」 등의 시편에서 펼쳐지는 배영운의 시 세계를 벅찬 마음으로 살펴보자.

2.

배영운의 시집에서 자주 등장하는 어휘에는 '나이', '노화', '늙음', '노인' 등이 있다. 인간이 '나이'를 먹어서 '늙음'의 단계에 돌입하게 되면, 곧 사람이 '노화'에 다다르게 되면 '노인'이 된다.

베티 프리단Betty Friedan에 의하면 "노화는 잃어버린 젊음이 아니라 기회와 힘의 새로운 단계이다.(Aging is not lost youth but a new stage of opportunity and strength.)" 우리가 '노화'를 바라보는 베티 프리단의 견해에 동의할 수 있다면, 나이를 먹어서 노인이 되는 일은 가능성의 무대를 새롭게 구성하는 일과 같다. 시인의 시에서 이를 확인해 보자.

귀속에 귀뚜라미가 운다
크게 가늘게 시끄럽게 조용하게 끝없이 운다

늦가을을 알리는 몸이 짓는 소리

긴 동면冬眠 속으로 빠지는
차가운 겨울이 멀지 않음을 알린다

들렸다 멈추었다 관심의 소리
유쾌하면 멈추고 우울하면 운다

몸에 걸친 푸른 잎을 벗는 헐벗는 소리
쓸쓸하고 서글픈 생명이 잦아드는 나이의 소리
　—「이명耳鳴」 전문

　이 시의 제목인 "이명耳鳴"은 다양한 원인에 의해서 소리의 근원이 없음에도 불구하고 잡음이 들리는 병적인 상태를 뜻한다. 배영운은 들리지 않아야 할 소리가 들리는 '이명'의 상황을 "귀속에 귀뚜라미가 운다"라는 신박한 문장으로 제시한다. 시인에 의하면 '이명'은 '귀뚜라미의 울음'이다. 그가 주목하는 귀뚜라미의 울음은 계절의 측면에서 "늦가을", "동면冬眠", "겨울" 등과 관련된다.

　배영운은 귀뚜라미가 귀속에서 "크게 가늘게 시끄럽게 조용하게 끝없이 운다"라고 진술한다. 시인에 따르면 귀뚜라미의 소리는 "몸에 걸친 푸른 잎을 벗는 헐벗는 소리"이자 "쓸쓸하고 서글픈 생명이 잦아드는 나이의 소리"이다. 귀뚜라미의 소리는 육체의 푸른 기운이 축소되고 생명의 불꽃이 약해지는 나이에 발생한다. 또한 그 소리는 "유쾌하면 멈추고 우울하면" 발생한다. 귀뚜라미의 소리는 쓸쓸하고 서글프며 우울한 순간에 우리들 곁에 찾아오기 쉽다. 우리는 앞으로 이명 또는 죽음의 전조로서의 소리를 어떻게 다스려야 할까?

자꾸 깜빡깜빡한다
언젠가 자신까지 아주 잃어버리는 먼 망각으로 가는 출
발점
민망하고 슬프기까지 하다

놓으면 모른다 그건 나이를 알리는 몸시계의 시간표
그냥 웃어넘길 수도 있지만 정말 편리하고 난처하다

돌아서면 잊고 만다
고단한 삶을 아주 잊어버리려는 지우고 싶은 무의식의
의지?

아니면, 치열하게 다투는 생존에서 벗어나고 싶은 안간
힘일까?

자꾸 기억을 놓치는 낭패스럽고 쓰라린 상실의 안타까움
거스르려 하고 거부해도 지나가는 세월을 어쩔 수 없다

흥하고 쇠하는 게 자연의 섭리라지만
다 살았다는 슬픈 자괴감이 서럽게 가슴을 훑는다
　　　—「건망증」 전문

　배영운은 앞의 시에서 이상한 소리가 들리는 상태로서의
'이명'을 표현한 바 있다. 그는 이번 시에서 "건망증"을 다
룬다. '건망증'은 '잊음증'이라고도 하는데, 기억에 문제가
발생하여 어떤 일을 전혀 기억하지 못하거나 드문드문 기

억하는 기억 장애를 가리킨다.

　시인은 '건망증'을 내세우는 이 시에서 '민망함', '슬픔', "상실", "안타까움", "자괴감", '서러움' 등의 감정을 제시한다. 그가 이와 같은 부정적인 감정들을 열거하는 것은 "거스르려 하고 거부해도 지나가는 세월을 어쩔 수 없다"라고 생각하기 때문이다. 배영운은 이제 "다 살았다는 슬픈" 느낌에 빠져있고, "언젠가 자신까지 아주 잃어버리는 먼 망각으로 가는 출발점"에 서 있다고 생각한다. 시인의 언급처럼 "나이를 알리는 몸시계의 시간표"는 냉정하게 흘러간다. 우리는 어떻게 '세월', '나이', '시간'의 흐름 속에서 인생의 의미를 찾을 것인가?

　　텅 빈 허전한 마음 메꿀 수 없다

　　쓸쓸한 인생의 늦가을을 맞는 갱년기의 우수

　　종잡을 수 없는 감정의 기복을 겪는다

　　아이들이 떠나버리고

　　자식을 보내고 허전했을 엄마 마음

　　외로이 혼자 계셨을 것을 생각하니
　　왈칵 눈물이 솟는다

　　서럽고 쓰라린 빈 둥지의 증후군!

그냥 그러려니 했던 어리석은 자신이 한없이
부끄럽다
　―「외로운 갱년기」 전문

　이번 시에서 주목하는 시적 대상은 "갱년기"이다. 일반적
으로 신체 기능이 떨어지고 노년기로 접어드는 시기를 '갱년
기'로 부른다. 배영운이 앞의 시편에서 다룬 '이명'이나 '건
망증' 등도 노화에 따른 신체 기능 저하의 사례로 이해된다.
　시인이 이 시에 품은 생각을 드러내는 어구로는 "텅 빈 허
전한 마음", "쓸쓸한 인생의 늦가을", "갱년기의 우수", "종
잡을 수 없는 감정의 기복", "눈물", "빈 둥지의 증후군", '어
리석음', '부끄러움' 등이 있다. 특히 우리의 눈길을 사로잡
는 부분은 배영운이 "엄마 마음"에 동감하는 대목이다. '허
전함', '외로움', '눈물' 등으로 연결되는 '엄마 마음'을 엄마
의 나이가 되고, 엄마와 같은 입장이 되어서 뒤늦게 알게 되
었음을 고백하는 이 장면은 독자들의 심금을 울리기에 부족
함이 없기 때문이다.

　겪어야 할, 겪지 말아야 할 일

　다 겪은 그 이름은 노인

　건망증처럼 금방 잊히면 좋으련만,

　삶은 미련과 후회

못다 한 인연과 이루지 못한 꿈

어쩔 수 없는 아쉬움 속에 산다
　　　─「노인」 전문

　배영운에 의하면 인간은 누구나 언젠가 "그 이름"을 "겪
어야" 한다. '그 이름'은 "노인"이다. 시인이 '그 이름'을 "겪
지 말아야 할 일"로 규정한다는 것은 '노인'에 대한 강한 거
부감을 보여준다.
　그럼에도 불구하고 그는 노인으로서의 "삶"을 수용한다.
배영운에 따르면 "삶은 미련과 후회"의 연속이다. 인간으
로서 살아가다 보면 "건망증처럼 금방 잊히면 좋"았을 순간
도 많지만 '~을 했어야 했는데', '~을 하지 말았어야 했는
데' 등의 '미련'과 '후회'를 피하기는 힘들다. 노인은 "못다
한 인연과 이루지 못한 꿈"을 되새기는 시기에 있다. 시인
의 언급처럼 노인은 "어쩔 수 없는 아쉬움 속에" 살아간다.
'미련', '후회', '아쉬움' 등은 노인의 인생에서 마이너스로
다가오지만 동시에 그 또는 그녀에게는 '인연'과 '꿈' 등이
플러스로 작용할 수 있다. 우리에게는 연결된 인연과 성취
한 꿈을 생각하는 지혜로운 노인이 필요할 것이다.

　늙음은 누구에게나 찾아오는 삶의 계단階段
　거부할수록 집착하고 예고하지만
　문득 다다라 깨닫는 어리석은 자각이다

내게는 결코 찾아오지 않을 줄 알았는데
돌아보며 후회하는 슬픈 착각

늙음은 치르고 싶지 않은 서러운 쓴 잔
생生의 서글픈 한 과정이다

안 아픈 데 없고 옹이마다 삐걱거리고
구질구질하고
늙음은 어쩔 수 없이 찾아오는 생명의 끝자리

피할 수 없는 질병이여
생략하고픈 산 자의 간절한 거역이다
　　　　　　　　　　　　　　　　 ―「늙음」 전문

앞에서 살핀 시 「노인」과 관련된 시 「늙음」이 여기에 있
다. 배영운에 의하면 "늙음"은 "누구에게나 찾아오는 삶의
계단階段"이다. 시적 화자 '나'는 "결코 찾아오지 않을 줄 알
았"던 "거부"하려던 대상, "치르고 싶지 않은" 대상으로서
'늙음'을 이해한다.

　시인이 독자들에게 제시하는 '늙음' 관련 표현들에 주목
해야겠다. 우리는 "어리석은 자각", "슬픈 착각", "서러운
쓴 잔", "생生의 서글픈 한 과정", "생명의 끝자리", "피할
수 없는 질병" 등의 어구를 읽으며 '어리석음', '슬픔', '서러
움', '서글픔' 등의 개념을 환기하고 '질병', '끝'으로서 '삶'
또는 '인생'의 페이지를 확인한다. 이 시에 형상화된 '늙음'
의 본질을 숙고하면서 웰 에이징well-aging을 위한 슬기로

운 해법을 모색해봐야겠다.

　　자식은 품 안의 자식
　　머리가 굵어지면
　　제 고집대로 하려 들고

　　자식 농사는
　　욕심같이 안 된다

　　자식 일은 알고도 속고
　　모르고도 속는다

　　자식 이기는 부모가 없고

　　자식을 낳아야
　　부모의 마음 알게 된다

　　부모는 기다리지 않고
　　그 자식이 부모가 된다
　　　　　―「부모 자식 간」 전문

　필자가 보기에 배영운의 시집을 이끄는 핵심 주제는 '나이', '세월', '노인', '늙음' 등의 어휘와 긴밀하게 관련된다. 시간의 흐름 또는 시간의 경과와 연결된 '노화'가 이번 시집의 주조를 이루는 셈이다.
　인용한 시는 노화를 직접적으로 다루지 않았다는 점에서

개성적이다. 이번 시가 주목한 시적 대상은 "부모"와 "자식" 그리고 양자兩者의 관계이다. 시인에 의하면 "자식은 품 안의 자식"이다. 자식은 어렸을 때는 부모 말을 듣지만 "머리가 굵어지면/ 제 고집대로 하려" 드는 것이다. 배영운은 자식을 키우는 부모의 입장에서 "자식 농사" 또는 "자식 일"의 어려움을 토로한다. 부모가 자식을 키우는 일이 힘든 이유는 "자식 이기는 부모가 없"기 때문이다.

　자식은 기본적으로 "부모의 마음"을 헤아리기가 어렵다. 자식이 부모의 마음을 알게 되는 시기는 자식 스스로가 또 다른 부모가 되었을 때이다. 그러나 자식이 또 다른 부모가 되었을 때, 자식의 부모는 노인이 되어서 늙게 된다. 자식의 바람과는 달리 "부모는 기다리지 않"기 때문이다. 자식은 뒤늦게 부모의 은혜를 깨닫고, 부모에게 효도하려고 하지만, 늙은 부모에게는 자식과 함께 할 수 있는 시간이 충분하지 않다. 배영운의 이 시를 읽는 독자들은 때로는 자식의 입장에서, 때로는 부모의 입장에서 스스로를 성찰할 수 있을 것이다.

걸을 때 자기도 모르게 뒷짐을 지게 되고 그게 편하다
여전히 꽃은 아름답고 향기에 취한다
몸은 늙어도 마음은 이팔청춘 그대로다

지열地熱처럼 끓어오르는 뜨거웠던 가슴
이제, 겉으로보다 안으로 시선을 숨긴 것뿐이다

작년 다르고 올해 달라

비켜 가지 않는 늙음이 야속하고 서럽지만

늙음은 받은 삶의 경험을 나누는 것
결코 나쁜 것만 아니다

힘겨웠던 삶의 무게에서 놓여나 단출한 둘만의 여유
옛 신혼新婚을 다시 맞듯 오붓하다

젊을 때의 각지고 투쟁적이던 시각도
늙어 순한 얼굴이 되듯
지혜로워 차분히 삶을 관조觀照하게 된다
— 「늙음이란」 전문

　이번 시 「늙음이란」은 앞에서 살핀 시 「늙음」과 비슷한 계열에 속하는 작품으로 판단된다. 두 작품의 제목은 거의 동일하지만 품고 있는 내용은 사뭇 다르다. 「늙음」이 노화의 부정적인 측면에 주목하였다면 「늙음이란」은 노화의 긍정적인 측면에 집중하기 때문이다.

　시 「늙음이란」은 "야속하고 서"러운 대상으로서의 "늙음"을 인정하면서도, '늙음'을 "받은 삶의 경험을 나누는 것"으로서 고양한다. 「늙음」에서의 '늙음'이 나쁜 것으로서의 늙음이라면, 「늙음이란」에서의 '늙음'은 "결코 나쁜 것만"이 아닌 좋은 것으로서의 늙음인 것이다. "힘겨웠던 삶의 무게" 때문에 힘들었던 '젊음'의 시기를 벗어나서 "단출한 둘만의 여유"를 즐길 수 있는 시기가 '늙음'이다. "각지고 투쟁적이던 시각"을 앞세우던 "젊을 때"와는 달리, 늙음의 시기에 사람은 "지혜로워 차분히 삶을 관조觀照하게" 된다. 배영운에 의하면 "몸은 늙어도 마음은 이팔청춘 그대로다", 늙음에 위치한 사람에게도 "여전히 꽃은 아름답고 향기에 취"할 수 있는 마음은 생생한 것이다.

참으로 오랜만에 번화한 거리를 나온다
차도 사람도 모두 바쁘게 어디론가 가고 있다

쉴 수 없이 분주한 현실이
내게는 이제 먼 옛날이 되어버린 과거지만,
그들에게는 가야 할 곳과 해야 할 일이 너무 많은
간절하고 절실한 현재다

옆을 돌아볼 수 없는 그 많던 일들이 어디로 가버렸을까?

이제, 비켜서서 구경할 수밖에 없는
가야 할 곳도 해야 할 일도 없다

그들의 치열하고 맹렬한 모습이 낯설고 낯익고 가엾고
부럽다

모든 걸 놓아버린 지금 외롭고 서글프고 그립고 억울하고
그러나 속절없이 캄캄하게 서 있다
— 「쉴 수 없이 바쁜 그들을 보며」 전문

시적 화자 '나'는 누군가를 바라본다. '나'가 바라보는 누

군가의 이름은 "그들"이다. "그들"은 "번화한 거리"에서 "바쁘게 어디론가 가고 있"는 "가야 할 곳과 해야 할 일이 너무 많은" 사람들이다. '그들'은 "쉴 수 없이 분주한 현실"을 보내는 이들이다.

'그들'과는 달리 '나'에게는 "가야 할 곳도 해야 할 일도 없다" '나'는 "그들의 치열하고 맹렬한 모습"을 "이제, 비켜서서 구경할 수밖에 없는" 사람이다. '그들'을 향한 '나'의 감정은 양가적이다. "낯설고 낯익고 가엾고/ 부럽다"라는 5연의 진술에 주목하자. 노년에 접어든 '나'의 입장에서 사회생활을 열심히 하는 젊은 '그들'은 낯설고 가엾다. 동시에 '나'는 바쁘게 이동하고 분주하게 일하는 '그들'을 보면서 젊은 시절의 '나'를 생각한다. '그들'의 낯익은 바쁨을 보면서 자신의 청춘을 생각한 '나'는 '그들'을 부러워한다. 이 시를 읽는 독자들은 '나'의 입장에 어느 정도 공감할 수 있을까?

눈에 차는 자식 하나 없다

하나같이 속을 썩이고
딸년들은 오면 가져갈 궁리만 한다

다른 집들은 안 그러지 싶다

지지리 복도 없지
내같이 복 없는 년은
세상천지에 없을 거다!

푸념을 늘어놓으면서도
속으로 더 못 줘 또 마음 아프다
　　　―「어미 맘」전문

　이 시는 앞에서 살핀 시「부모 자식 간」과 비슷한 계열에
해당한다. 시「부모 자식 간」이 부모와 자식의 관계를 부모
의 입장과 자식의 입장에서 각각 천착한다면, 시「어미 맘」
은 "어미" 또는 '엄마'의 입장에서 "자식" 또는 "딸년들"을
생각한다.

　이번 시는 '딸들'을 향한 '엄마'의 "푸념" 또는 '원망'을 담
는다. "하나같이 속을 썩이고/ 딸년들은 오면 가져갈 궁리
만 한다"라는 2연의 진술은 시적 화자 '나' 또는 '엄마'의 '푸
념'을 구체적으로 제시한다. 친정에 온 딸들이 돈도 가져가
고 음식도 가져가는 등 뭐든 가져가기만 한다면, 엄마로서
는 "눈에 차는 자식 하나 없다"라는 말이 절로 나올 것이다.

　놀랍게도 딸들을 향한 '엄마'의 마음은 '푸념'으로만 끝나
지 않는다. 엄마는 성에 차지 않는 '자식'을 "다른 집들"의
'자식'과 비교하면서 스스로를 "세상천지에 없을", "복 없는
년"으로 규정하지만, 그녀의 '본심'은 달랐기 때문이다. 4연
2행의 "속으로 더 못 줘 또 마음 아프다"라는 문장에 담긴 엄
마의 본심을 읽으며 많은 독자들은 감동하게 되는 것이다.

무자식이 상팔자라 했던가
자식은 있어도 없어도 걱정

어릴 때 잠시도 손 놓을 수 없고

자라면 염려 속에 잔소리만 는다

자식은 애물단지
안쓰러워하고 속상해하고 후회하고……

그리고, 저절로 큰 줄 알고 시집 장가가면
제 새끼가 제일이고 부모는 뒷전이다

잘된 자식, 못된 자식
잘되면 제 탓, 못 되면 부모 탓

힘든 자식일수록 더 아프고 아리고 안타깝다
아픈 손가락이다

속 썩이는 자식을 두고
"차라리 없는 것보다 못해!" 하던,
어느 노인의 한숨이 슬프고 우울하게 한다
　　　　　　　　　　　　—「자식이란」 전문

「부모 자식 간」, 「어미 맘」 등의 시와 유사한 계열을 형성하는 시가 「자식이란」이다. 배영운은 이번 시집에서 '자식' 관련 시를 다수 제시하고 있는데 「자식이란」 역시 이 흐름에 동참하고 있다. 이번 시는 '자식' 또는 '자녀'에 관한 본질을 통찰하고 있는 수작이다.

　시인에 의하면 부모에게 자식은 기본적으로 "걱정", "염려", "잔소리"의 대상이자 "애물단지"이다. 결혼을 해도 후회하고, 결혼을 안 해도 후회한다, 라는 진술을 들어본 적이 있는가? 이것은 아마도 결혼에는 장점과 단점이 섞여 있다는 이야기일 테다. 배영운에 따르면 자식에게도 비슷한 논리가 적용될 수 있다. 곧 "자식은 있어도 없어도 걱정"이기 때문이다. 부모의 입장에서는 자식이 있어서 좋은 점도 있지만 나쁜 점도 혼재되어 있는 것이다. 특히 "아픈 손가락"이라 칭하는 "못 된 자식", "힘든 자식", "속 썩이는 자식"은 부모에게 "한숨", '슬픔', '우울' 등의 원인으로 작용하기도 한다.

젊어서 사랑으로 살고
중년에 자식으로 살고
노년에 정으로 산다

젊어선 서로를 알뜰하게 아끼고
중년은 자식 사랑으로 인내하고
노년은 미운 정 고운 정 이끌려 산다

그림자처럼 붙어 떨어질 수 없고
서로 닮아 육신의 한 부분처럼
불편함이 없다

젊었을 땐 연인戀人
중년은 조언자助言者
노년은 친구親舊

말없이 교감交感하고
습관같이 익숙하며
내 몸같이 한 몸으로 산다
— 「부부夫婦」 전문

　　배영운은 이번 시집에서 '노인' 또는 '늙음'의 대상으로서
의 자신에 집중하거나, 나이든 '부모'의 입장에서 '자식'을
생각하는 시들을 생산하였다. 이 시는 "부부"에 주목한다.
시인이 여기에서 주목하는 '부부'는 수십 년의 세월을 함께
보낸 "노년"의 부부일 테다.

　　배영운에 의하면 남녀가 만나서 결혼을 하고 '노년'의 부
부에 도달하려면 '청년'과 "중년" 등 이전 단계를 거쳐야 한
다. 다섯 개의 연으로 구성된 이번 시에서 1연, 2연, 4연 등
은 각각 3행으로 이루어지는데 공통적으로 1행에서는 젊
은 시절을 다루고, 2행에서는 중년 시기를 언급하며, 3행
에서는 노년 시기를 다룬다는 점이 인상적이다. 시인에 따
르면 청년 부부는 "사랑"을 내세우는 "연인戀人"이고, 중년
부부는 "자식"으로 연결되는 "조언자助言者"이며, 노년 부
부는 "정"으로 함께 사는 "친구親舊"이다. 시詩로 쓴 부부
론夫婦論으로 평가할만한 이번 작품에 공감할 독자들이 적
지 않을 듯하다.

3.

　　배영운의 시집 『이명耳鳴』을 함께 점검하였다. 필자는 시

인의 이번 시집이 지향하는 주제가 사람 또는 삶과 긴밀하게 관련된다고 생각한다. 배영운이 표현하는 삶 또는 그것의 주체로서의 사람은 노인으로서의 자신이거나 자신을 포함한 가족이 된다. 그가 시적으로 형상화하는 가족은 부모, 자식, 부부 등의 관계를 포괄한다. 요컨대 필자는 시인의 시 세계를 자신, 부모, 자식, 부부 등 4개의 영역으로 구획할 수 있었다.

노인으로서의 자신을 드러낸 시로는 「이명耳鳴」, 「건망증」, 「외로운 갱년기」, 「노인」, 「늙음」, 「늙음이란」, 「쉴 수 없이 바쁜 그들을 보며」 등이 대표적이다. 가족을 다룬 시들 중 부모에 집중한 시로는 「부모 자식 간」, 「어미 맘」 등이 눈에 띈다. 또한 가족을 다룬 시들 중 자식에 주목한 시로는 「부모 자식 간」, 「자식이란」 등이 대표적이다. 끝으로 가족을 다룬 시들 중 부부를 다룬 시로는 「부부夫婦」가 눈에 들어온다.

독자들은 배영운이 이번 시집에서 형상화한 시 세계의 핵심에 '가족'이 위치하고 있음을 알게 되었다. 마이클 J. 폭스Michael J. Fox에 의하면 "가족은 중요한 게 아니다. 가족은 전부이다.(Family is not an important thing. It's everything.)" '가족'에 대한 마이클 J. 폭스의 언급은 '가족'의 중요성을 최대치로 끌어올린다. 그런 이유에서 필자는 '전부'로서의 '가족'을 예술적인 언어로 형상화한 배영운의 시를 높게 평가하고 싶다. 시인에게 남아있는 삶과 시가 앞으로 더욱 빛날 수 있기를 기원한다.

배 영 운

배영운 시인은 28년간 공무원으로 재직하였으며, 시집으로는 『야산을 보며』(2014), 『초봄의 수양버들에서』(2016), 『차를 마시며』(2016), 『황홀한 우화』(2020) 등이 있고, 현재 대구에서 시를 쓰며 살고 있다.

배영운 시인의 다섯 번째 시집인 『이명耳鳴』은 그동안의 문학적 역량을 집약하면서 인생의 새로운 단계에 진입한 이가 발견한 소중한 가치를 시적으로 형상화한다. 배영운 시인이 발견한 소중한 가치의 이름은 '가족'이 될 수 있다. 그는 늙음의 상태에 도달한 노인의 입장에서 '부모', '자식', '부부' 등을 자신의 시에 껴안는다. 사회의 핵심 단위이자 형태로서의 가족을 다양한 방식의 언어로 점검하는 시인의 시도가 아름답다.

이메일   doamdong@naver.com

배영운 시집

이명耳鳴

발　행　　2024년 8월 12일
지 은 이　　배영운
펴 낸 이　　반송림
편집디자인　반송림
펴 낸 곳　　도서출판 지혜, 계간시전문지 애지
기획위원　　반경환
주　　소　　34624 대전광역시 동구 태전로 57, 2층 도서출판 지혜
전　　화　　042-625-1140
팩　　스　　042-627-1140
전자우편　　eji@ji-hye.com
　　　　　　ejisarang@hanmail.net
애지카페　　cafe.daum.net/ejiliterature

ISBN　　　979-11-5728-548-8　03810
값　　　　　10,000원